CW00494419

Charakterisierung von System

Rita E. C. Vieira
Alan C. V. Brito
Oswaldo P. L. Sobrinho

Charakterisierung von Systemen zur Erzeugung von Rindermilch

In der Gemeinde Timbiras, Maranhão, Brasilien

ScienciaScripts

This book is a translation from the original published under ISBN 978-613-9-60491-3.

Publisher:
Sciencia Scripts
is a trademark of
Dodo Books Indian Ocean Ltd. and OmniScriptum S.R.L publishing group

120 High Road, East Finchley, London, N2 9ED, United Kingdom
Str. Armeneasca 28/1, office 1, Chisinau MD-2012, Republic of Moldova, Europe

ISBN: 978-620-7-28376-7

DANKSAGUNGEN

Emanueli Cachina:

Gott für alle seine Werke, für all die Geduld, die er mir geschenkt hat, um alle Hindernisse zu überwinden, denen ich während der Erstellung dieser Monographie und im Laufe meines Lebens begegnet bin.

An die Jungfrau Maria und alle Heiligen für ihre Fürsprache im Himmel.

Meinen Eltern und Geschwistern für all die Kraft, das Verständnis, die Liebe und die Fürsorge, die sie mir immer entgegengebracht haben, und meiner Tante und meinem Onkel Joyce, Júnior und Anderson, die mich in dieser Phase meines Lebens immer unterstützt haben.

An meine Großeltern mütterlicherseits, die mich immer unterstützt und zum Studium ermutigt haben, an meinen Großvater Francisco Gonçalves Cachina für die vielen Male, die er mir beim Studium geholfen hat, vor allem an den Tagen, an denen er mich geduldig zur IFMA und zurück gefahren hat, und an meine Großmutter Maria Cilene de Oliveira Cachina, die, obwohl sie nicht mehr unter uns weilt, mir das größte Vermächtnis von allen hinterlassen hat: die Werte, die Liebe und die schönen Erinnerungen an einen beispielhaften Menschen. Und an alle in meiner Familie, die mich unterstützt und gehofft haben, dass alles klappen würde.

Allen Lehrern, die in diesen Studienjahren durch mein Leben gegangen sind und ohne die diese Reise nicht möglich gewesen wäre. An Professor Graciliano Paiva, der mir bei der Fertigstellung dieser Arbeit immer mit Rat und Tat zur Seite stand. Ich möchte auch meinem Doktorvater Allan Carlos für seine Hilfe und sein Verständnis danken, die für die Fertigstellung dieser Monographie von großer Bedeutung waren.

Ich möchte es nicht versäumen, meinen Freunden für all ihre Zuneigung, ihr Verständnis und ihre Liebe zu danken, insbesondere meinen Freunden: Francieleide Machado, Anne Karoline, Josmael dos Santos, Clovis de Almeida, Atalício Gomes und all den Freunden, die mir immer die Kraft gegeben haben, diesen beschwerlichen Weg zu gehen.

Und ich kann nicht vergessen, all den Menschen zu danken, die mich so herzlich in der Stadt Codó willkommen geheißen haben, ihnen gilt meine ewige Dankbarkeit.

Oswaldo Palma:

Gott, dem göttlichen Schutz, für seinen Segen, für das Leben, das mir geschenkt wurde, und meiner ganzen Familie für ihre ständige Unterstützung.

"Wo Dunkelheit ist, will ich Licht bringen." Der heilige Franz von Assisi

ZUSAMMENFASSUNG

Kuhmilch ist ein sehr wichtiges Nahrungsmittel für den Menschen. Sie enthält Proteine, Kohlenhydrate, Vitamine, Fett, Mineralsalze und andere nützliche Stoffe. Brasilien ist der sechstgrößte Milcherzeuger der Welt und verzeichnet eine jährliche Wachstumsrate von 4 %. Im Nordosten Brasiliens ist die Landwirtschaft seit jeher von großer Bedeutung, sowohl für die Ernährung als auch für die Einkommenserzielung der ländlichen Erzeuger. Ziel dieser Studie war es, die Systeme der Kuhmilchproduktion in der Gemeinde Timbiras, Maranhão, Brasilien, zu charakterisieren. Während der Untersuchung wurden regelmäßige Besuche bei Milcherzeugern in der Gemeinde Timbiras-MA im Rahmen des Erzeugerregisters durchgeführt, das in den Archiven der staatlichen Agentur für landwirtschaftliche Verteidigung (AGED) geführt wird. Die Daten wurden durch Interviews, Fragebögen und Besuche in den landwirtschaftlichen Betrieben erhoben. Es wurde festgestellt, dass die Mehrheit der Befragten, etwa 60 %, zwischen 21 und 50 laktierende Kühe und 40 % zwischen 10 und 20 laktierende Kühe haben. Anhand der erhaltenen Daten wurde die Tagesproduktion der Kühe ermittelt: 20 % der Erzeuger gaben an, dass ihre Kühe zwischen 20 und 50 Liter Milch pro Tag produzieren, 60 % gaben an, dass ihre Anwesen zwischen 50 und 100 Liter pro Tag produzieren und 20 % produzieren mehr als 100 Liter pro Tag. Die untersuchte Gemeinde verfügt über ein großes Wachstumspotenzial in Bezug auf die Kuhmilcherzeugung, große Ackerflächen, qualitativ hochwertige und leicht zu bewirtschaftende Wasserressourcen, einen großen effektiven Kuhbestand und einen Binnenmarkt, der im Laufe der Zeit entwickelt werden kann.

Stichworte: Rinderhaltung, Milcherzeugungskette, Herde.

2

ZUSAMMENFASSUNG

KAPITEL 1

EINFÜHRUNG

Kuhmilch ist ein wichtiges Nahrungsmittel für den Menschen, denn sie enthält Proteine, Kohlenhydrate, Vitamine, Fette, Mineralsalze und andere für die menschliche Entwicklung wichtige Stoffe. Gemäß der Normativen Anweisung Nr. 62 vom 29. Dezember 2011 (MAPA/2011) ist Milch ohne weitere Spezifizierung das Produkt, das durch vollständiges, ununterbrochenes Melken unter hygienischen Bedingungen von gesunden, wohlgenährten und ausgeruhten Kühen gewonnen wird. Milch von anderen Tierarten muss entsprechend der Tierart, von der sie stammt, gekennzeichnet werden (BRASIL, 2013).

Nach Vasconcelos (2012) entwickelte sich die Viehzucht in Brasilien als ergänzende Tätigkeit, die zur Entwicklung der Zuckerproduktion beitrug. Rinder transportierten das Zuckerrohr von den Zuckerrohrfeldern zu den Mühlen, halfen beim Walzen der Mühlen, erholten die durch Überarbeitung misshandelte Sklavenarbeit und ersetzten sie, insbesondere in den großen Mühlen, die für den Export produzierten. Sie halfen auch beim Transport von Familien bei den täglichen Aktivitäten in den Mühlen und beim Abtransport von Baumstämmen aus den Wäldern, die für den Bau von Brücken, Wohnhäusern, Palästen usw. verwendet wurden. Rinder ersetzten Arbeitskräfte und konnten tagsüber die Arbeiten verrichten, die Sklaven nicht oder nur langsam erledigen konnten.

Prado Júnior (1942) stellt fest, dass die Produktivität in den Anfängen der Rinderzucht im Lande sehr gering war; zu dieser Zeit wurden durchschnittlich zwei Tiere pro Quadratkilometer erzeugt. Diese Situation ist auf den Mangel an Wissen und Technologien zurückzuführen, die damals nicht vorhanden oder für die Erzeuger unerreichbar waren. Heutzutage gibt es verschiedene Technologien, die zur Verbesserung der Milcherzeugung beigetragen haben und weiterhin beitragen, wie z. B. mechanische Melkmaschinen, die nicht nur den Zeitaufwand für das Melken verringern, sondern auch die Milchqualität verbessern, da dieses System hygienischer ist als das manuelle Melken. Im Nordosten Brasiliens ist und war die Landwirtschaft schon immer von großer Bedeutung, sowohl für die Ernährung als auch für die Einkommenserzielung der ländlichen Erzeuger.

Nach Untersuchungen der brasilianischen Agrarforschungsgesellschaft (EMBRAPA) werden nur 14 % der brasilianischen Milch im Nordosten erzeugt, und die wichtigsten Milcheinzugsgebiete befinden sich in der semiariden Region, obwohl die wichtigsten Verbraucherzentren an der Küste liegen. Laut EMBRAPA produziert der Nordosten nur 10 % der Nachfrage in dieser Region, was ihn zu einem reinen Käufermarkt macht, der das meiste, was er verbraucht, aus anderen Regionen Brasiliens und anderen Ländern importiert, insbesondere

4

Milchpulver, das 76 % aller Milchprodukte ausmacht (EMBRAPA, 2002).

Schlesinger (2009) berichtet, dass die Rinderzucht in Maranhão zur Zeit der Kolonisierung mit dem Anbau von Zuckerrohr begann, da die Rinder damals nicht zur Versorgung ausländischer Märkte, sondern zur Subventionierung der Zuckerrohrproduktion eingesetzt wurden. Als die Bevölkerung wuchs, entstand der Bedarf an Fleisch, Leder und Milch. In Maranhão hat die Milchwirtschaft als viertgrößter Milchproduzent des Nordostens mit einem durchschnittlichen Wachstum von 156 % pro Jahr die Wirtschaft des Bundesstaates zunehmend angekurbelt und damit Millionen von Reais in die Wirtschaft von Maranhão eingebracht (SEBRAE, 2010).

Lange Zeit diente die Viehzucht der Selbstversorgung, doch mit der Entwicklung neuer Technologien, die zur Verbesserung der Produktion beitrugen, nahm die Viehzucht große Ausmaße an und wurde zu einer lukrativen Wirtschaftstätigkeit (PRADO JÚNIOR, 1942).

Ziel dieser Studie war es, die Systeme der Rindermilcherzeugung in der Gemeinde Timbiras, Maranhão, Brasilien, zu charakterisieren.

KAPITEL 2

GESCHICHTE DER KÄUFERMILCHPRODUKTION 2.1 Brasilien

Simonsen (1937) stellt in seinen Arbeiten fest, dass die Geschichte der Milch in Brasilien vollständig mit der Ausbeutung von Rindern zusammenhängt, die während der Kolonialzeit eingeführt wurden, wobei die Rinder zunächst als Arbeitskräfte in den Zuckerrohrmühlen und dann als Fleischrinder und die Milch nur für den Lebensunterhalt verwendet wurden.

Die Viehzucht wurde in Brasilien als Nebentätigkeit behandelt. Zu diesem Zweck wurden seit Beginn des Zuckerrohranbaus im Nordosten des Landes die Traktion der Tiere, die Produktion von Fleisch, Häuten und anderen Produkten zur Unterstützung der zentralen Aktivitäten im Zusammenhang mit der Produktion von Exportgütern genutzt (SCHLESINGER, 2009).

Um 1870 gewann der Milchkonsum an Bedeutung, da die größte Kaffeeanbauregion im Paraíba-Tal ihre Böden erschöpfte, was zu geringer Produktivität und Gewinneinbußen führte. Der Kaffeeanbau verlagerte sich in den Westen von São Paulo und machte der Milchproduktion Platz, die sich auf der wirtschaftlichen Bühne etablierte und zum wichtigsten Wirtschaftszweig wurde, dessen Bedeutung zu neuen Formen der Viehzucht führte.

Schlesinger (2009) argumentiert, dass durch die Viehzucht und die durch den Vieh- und Pferdehandel geschaffenen Verbindungen sowie den von den großen Maultiertrupps organisierten Transport unzerstörbare Verbindungen in der brasilianischen Wirtschaftseinheit geschaffen wurden.

Nach Bressan (1996) wurde die Milch bis zum Beginn des 20. Jahrhunderts ohne die für einen ordnungsgemäßen Transport erforderlichen Behandlungen an ihren Bestimmungsort transportiert. Das Erzeugnis wurde in Kannen transportiert und direkt an den Verbraucher geliefert. Diese Situation beeinträchtigte die Qualität des Erzeugnisses und führte dazu, dass die Menschen, die es konsumierten, krank wurden. Noch im 20. Jahrhundert wurde Milch in der Ernährung von Krankenhauspatienten verwendet, um Geschwüre und andere Krankheiten zu behandeln. Die gesamte Technologie dieser Zeit war auf die Milch abgestimmt, denn ein großer technologischer Fortschritt in der Geschichte war die Pasteurisierung und Ultrapasteurisierung der Milch, ohne dass ihre Vorteile verloren gingen. Auf diese Weise konnte dieses gesunde Lebensmittel, das zuvor nur kurz haltbar war, länger gelagert werden.

Die Milchwirtschaft wird in ganz Brasilien betrieben, und die Boden- und Klimabedingungen begünstigen die Produktion. Die verschiedenen Formen der Kuhmilcherzeugung sind deutlich zu erkennen. Einige davon sind hoch entwickelt und verfügen über modernste Anlagen, während der Großteil der Produktion bäuerlich und wenig technisiert ist.

Nach Angaben der Ernährungs- und Landwirtschaftsorganisation der Vereinten Nationen (FAO) ist Brasilien der sechstgrößte Milcherzeuger der Welt mit einer jährlichen Wachstumsrate von

6

4 %, die höher ist als die aller anderen Länder auf den vorderen Plätzen. 66 % der gesamten in den Mercosur-Ländern erzeugten Milchmenge entfallen auf Brasilien, und Brasilien ist der zweitgrößte Erzeuger von Kuhmilch in den amerikanischen Ländern (FAO, 2008).

Tabelle 1 - Milcherzeugung in den amerikanischen Ländern

	LAND	TOVELED
1	VEREINIGTE STAATEN	87.461.300
2	BRASILIEN	31.667.600
3	MEXIKO	10.676.700
4	ARGENTINIEN	10.501.900
5	KANADA	8.243.000
6	KOLUMBIEN	7.500.000
7	EQUADOR	5.709.460
8	CHILE	2.530.000
9	VENEZUELA	2.294.400
10	URUGUAY	1.820.750

Die FAO weist darauf hin, dass Kuhmilch für die Ernährung unerlässlich ist. Dies ist auf die Tatsache zurückzuführen, dass im Jahr 2008 die Weltproduktion von Kuhmilch mehr als 578 Milliarden Liter erreichte, wobei die Vereinigten Staaten mit mehr als 86 Milliarden Litern der größte Produzent der Welt sind und Brasilien mit 27 Milliarden Litern den sechsten Platz in der Rangliste der größten Produzenten einnimmt (FAO, 2008).

Die Milchwirtschaft in Brasilien wächst stetig, aber die Produktionsbedingungen sind nach wie vor prekär, da die meisten Erzeuger noch immer handwerkliche Methoden anwenden und das den Tieren zur Verfügung gestellte Futter nicht ihrem Nährstoffbedarf entspricht, was sich unmittelbar auf die Produktion auswirkt.

Das Merkblatt "Gute Praktiken in der Milchviehhaltung" stellt sicher, dass Milch von gesunden Tieren auf nachhaltige und verantwortungsvolle Weise in Bezug auf die Anforderungen des Tierschutzes und die wirtschaftlichen, sozialen und ökologischen Perspektiven erzeugt wird. Daher ist die Umsetzung guter Praktiken in der Milchviehhaltung ein wirksames Mittel, um Risiken für ländliche Unternehmen kurz- und langfristig zu managen (FAO, 2013).

Die Daten des brasilianischen Instituts für Geografie und Statistik (IBGE) zeigen im Vergleich zwischen 2000 und 2010, dass die Milcherzeugung in allen Regionen des Landes im Vergleich zu den Vorjahren gestiegen ist, mit Ausnahme des Nordens, wo die Menge mit rund 1,7 Milliarden Litern praktisch gleich geblieben ist. Die größte Milcherzeugerregion ist der Südosten mit 10,9 Milliarden Litern, gefolgt vom Süden mit 9,6 Milliarden Litern. Auf den Mittleren Westen entfallen 14,5 % der brasilianischen Milch (4,4 Mrd. Liter) und auf den Nordosten mit einer Produktion von 4,0 Mrd. Litern 13,0 % der Gesamtmenge. In den letzten zehn Jahren war das größte Produktionswachstum im Süden zu verzeichnen, wo sich die produzierte Menge praktisch verdoppelt hat (IBGE, 2013).

Das Ministerium für Landwirtschaft, Viehzucht und Versorgung (MAPA) hat eine Studie über die Prognosen der Agrarwirtschaft in Brasilien für den Zeitraum 2012/2013 bis 2022/2023 durchgeführt, aus der hervorgeht, dass Milch als eines der Produkte mit hohen Wachstumsmöglichkeiten gilt. Es wird erwartet, dass die Produktion mit einer jährlichen Rate von 1,9 Prozent wachsen wird. Dies entspricht einer Produktion von 41,3 Milliarden Litern Rohmilch am Ende des Projektionszeitraums, 20,7 % mehr als 2013.

Es wird erwartet, dass der Verbrauch mit einer jährlichen Wachstumsrate von 1,9 % zunimmt und damit mit der Produktion des Landes Schritt hält, wobei der Verbrauch jedoch knapp über der nationalen Produktion liegen wird, was eine gewisse Menge an Importen erfordert, die 2023 bei fast 1,0 Milliarden Litern liegen dürfte, sofern keine spezifischen öffentlichen Maßnahmen für den Sektor durchgeführt werden (BRASIL, 2013).

Laut der vierteljährlichen Milcherhebung des IBGE belief sich der Ankauf von kontrollierter Milch im Jahr 2013 auf 23,55 Milliarden Liter, was einem Anstieg von 5,4 % gegenüber 2012 entspricht. Die im vierten Quartal gekaufte Milchmenge betrug 6,54 Mrd. Liter, was einem Anstieg von 12,65 % gegenüber dem gleichen Zeitraum 2012 und 9,1 % gegenüber dem dritten Quartal 2013 entspricht. Der Dezember war der Monat mit der höchsten Milchanlieferung im gesamten Jahr, mit etwa 9,5 % der Gesamtmenge, und schloss mit 2,2 Milliarden Litern (Abbildung 1) (IBGE, 2013).

Abbildung 1 - Formale Milchsammlung.

Nach Angaben des IBGE zeigt der Monatsvergleich für 2013, dass der Oktober der Monat mit dem größten Unterschied zu 2012 war (ein Anstieg von 14,77 Prozent), gefolgt von November und September mit einem Anstieg von 14,04 Prozent bzw. 13,03 Prozent. Insgesamt war im vierten Halbjahr der größte Unterschied zum Vorjahr zu verzeichnen. Darüber hinaus war die Sammlung bereits ab Oktober höher als im Dezember und Januar 2012, wenn normalerweise die Produktionsspitzen auftreten (IBGE, 2013).

Im 4. Quartal 2013 wurden die meisten Produktkäufe im Südosten des Landes getätigt

8

(40,54 Prozent), gefolgt vom Süden mit einem Anteil von 35,05 Prozent. Auf den Norden und Nordosten entfielen jeweils rund 5,0 Prozent. Was die Bundesstaaten anbelangt, so verzeichnete Minas Gerais im Vergleich zum 4. Quartal 2012 einen Anstieg von 18 Prozent, was 26,59 Prozent der Gesamteinnahmen ausmachte und einen leichten Anstieg der Beteiligung im Vergleich zum vorherigen Quartal darstellt (IBGE, 2013).

Andererseits war Brasilien auch ein Land, in dem eine große Zahl von Betrieben die Milchviehhaltung aufgab. Während dieses Zeitraums wanderten durchschnittlich 3,2 % der Milchbauern zu anderen landwirtschaftlichen Tätigkeiten ab. Unter den größten Erzeugern der Welt steht das Land an erster Stelle, was das Wachstum der Anzahl der Kühe pro Betrieb mit 5,3 % pro Jahr und das relative Wachstum der Produktion pro Betrieb angeht. In Bezug auf die Produktion pro Kuh ist es das Land mit dem viertschnellsten Wachstum, was darauf hindeutet, dass sich die Produktionstechnologie schnell weiterentwickelt hat, insbesondere in Bezug auf Genetik, Ernährung und Management. Die Daten zeigen, dass Brasilien ein vielversprechendes Land für weiteres Wachstum in Technologie und Milchproduktion ist (SEBRAE, 2010).

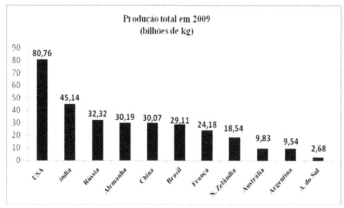

Abbildung 2 - Gesamtproduktion.

Abbildung 2 zeigt das große Produktionspotenzial Brasiliens im Vergleich zu den weltweit größten Kuhmilchproduzenten. Was in Brasilien noch fehlt, ist der Einsatz geeigneter Technologien und die nachhaltige Nutzung lokaler Ressourcen. Wenn dies gelingt, könnte Brasilien zum größten Kuhmilchproduzenten der Welt werden (EMBRAPA, 2009).

2.2 Nord-Ost

Der Nordosten hat ein großes Potenzial für die Entwicklung der Kuhmilcherzeugung, da es mehrere positive Faktoren gibt, die zum Erfolg dieser Tätigkeit in der Region beitragen, wie zum

9

Beispiel die Sorge um die Ernährungssicherheit. Damit dies jedoch in zufriedenstellender Weise geschehen kann, ist es notwendig, so zu planen, dass die Gewinne maximiert werden, mit anderen Worten, eine effiziente Organisation zu haben, in der die Viehzucht auf nachhaltige Weise betrieben wird, wo sie wirtschaftlich rentabel und ökologisch korrekt ist.

Laut dem vom brasilianischen Dienst zur Unterstützung von Kleinst- und Kleinunternehmen (SEBRAE) im Jahr 2010 erstellten Agribusiness Sector Bulletin - Dairy Cattle Farming (Milchviehhaltung) hat der Anteil der Region Nordost an der nationalen Produktion in den letzten zehn Jahren zugenommen und war in diesem Zeitraum die Region mit dem drittgrößten Wachstum (rund 69 %). Derzeit ist der brasilianische Nordosten für 12 % der gesamten Milcherzeugung des Landes verantwortlich (SEBRAE, 2010).

Im Nordosten sind neben Bahia und Pernambuco auch die Bundesstaaten Ceará, der drittgrößte Produzent der Region, und Maranhão, der viertgrößte, erwähnenswert. Letzterer hat die zweithöchste Wachstumsrate im Nordosten: 156 %. Piauí verzeichnete in dem untersuchten Jahrzehnt das geringste Wachstum und steigerte seine Produktion um nur 7 %. Trotz seiner regionalen Führungsposition verzeichnete der Bundesstaat Bahia im Jahr 2008 einen leichten Rückgang seiner Produktion im Vergleich zu 2007, während Pernambuco um 9 % wuchs (Tabelle 2) (SEBRAE, 2010).

Tabelle 2 - Milcherzeugung und Erzeuger im Nordosten zwischen 2000 und 2010.

Variabel	2000	2001	2002	2003	2004	2005	2006	2007	2008	2009	2010
Produktion (Mrd.)	2,39	2,07	2,04	2,16	2,27	2,36	2,51	2,70	2,97	3,20	3,34
Kontrollierte Milch (Mrd.)	0,56	0,56	0,53	0,63	0,68	0,65	0,65	0,71	0,95	0,94	1,04
Informelle Produktion (%)	70,78	70,10	72,63	74,25	73,89	68,16	70,48	68,84	68,68	72,23	69,35
Informanten (Einheiten)	650	728	759	762	941	1.207	1.391	1.317	1.342	1.391	1.429

Quelle: IBGE - Municipal Agricultural Research (2012).

Eine Studie des Technischen Büros für Wirtschaftsstudien im Nordosten (ETENE), die in der obigen Tabelle dargestellt ist, zeigt, dass bei der Analyse der Produktion und Produktivität der Milchwirtschaft in Brasilien von 2000 bis 2010 der Nordosten die Region war, die die größten Fortschritte bei der Beteiligung der Viehhalter an der Lieferung von Milchprodukten gemacht hat, wobei der Schwerpunkt auf der Familienlandwirtschaft lag. In diesem Zeitraum stieg die regionale Produktion von 2,39 Milliarden auf 3,34 Milliarden Liter, während sich die Zahl der Produktionseinheiten von 650.000 auf 1,429 Millionen mehr als verdoppelte. Dieser Anstieg der Zahl der Produktionseinheiten hat zu einem erheblichen Anstieg der Zahl der formellen Arbeitsplätze in der Milchwirtschaft geführt.

Untersuchungen zeigen, dass die Milcherzeugung im Nordosten im zweiten Quartal 2014 im Vergleich zum gleichen Zeitraum 2013 um 20,9 Prozent gestiegen ist. Die Milchmenge erreichte 328,8 Millionen Liter, verglichen mit 271,9 Millionen Litern im Jahr 2013 (SEBRAE, 2010). Bahia war der Bundesstaat, der am meisten zu diesem Wachstum beigetragen hat. Die Produktion stieg von 78,3 Millionen Litern in den ersten drei Monaten des Jahres auf 93,7 Millionen im zweiten Quartal. Der Bundesstaat Ceará belegte mit einem Anstieg von 54,6 Millionen Litern auf 66,8 Millionen im selben Zeitraum den zweiten Platz in der Produktionsrangliste (IBGE, 2013).

Prozentual gesehen war Sergipe der Staat mit dem höchsten Wachstum. Die Milcherzeugung in diesem Bundesstaat stieg zwischen den beiden Quartalen um 45,8 % und erreichte 38,8 Millionen Liter. Paraíba lag dicht dahinter mit einem Anstieg der produzierten Milchmenge um 35,2 % auf 13,3 Millionen Liter (SEBRAE, 2010).

Trotz des beträchtlichen Wachstums im Nordosten ist es für viele Erzeuger schwierig, die Produktion weiter zu steigern, da im Nordosten jedes Jahr Dürreperioden auftreten.

2.3 Maranhão

Maranhão ist ein brasilianischer Bundesstaat im Nordosten des Landes und der viertgrößte Erzeuger von Kuhmilch im Nordosten, mit einem großen produktiven Potenzial, das es auszuschöpfen gilt, da er an zweiter Stelle mit der größten Fläche und dem größten Viehbestand steht.

Die Milchwirtschaft begann auch in Maranhão mit dem Anbau von Zuckerrohr, aber nach ihrer Einführung wuchs diese Praxis schnell. Laut Vasconcelos (2012) war Alcântara die wichtigste Stadt der Provinz Maranhão, die auch die ersten Rinder für den täglichen Gebrauch und zur Förderung der Zucht erhielt. Von dort aus breitete sich das Vieh aus und besiedelte die Felder der gesamten Baixada, einschließlich der Gemeinde Pinheiro. Lange Zeit verfügte Alcântara über einen Viehbestand, der den Bedarf der damals neuen Hauptstadt von Maranhão, São Luís, an Rindfleisch deckte.

Einer der Hauptfaktoren für die Ausbreitung der Viehzucht in Maranhão waren die Ereignisse in den Regionen Mearim und Pindaré: Bauern und Viehzüchter rodeten die Wälder, um Reis anzubauen, und machten durch Wanderfeldbau die Capoeiras und Babaçuais zu Weideflächen für die extensive Viehzucht (SEBRAE, 2003).

Lange Zeit gab es in Maranhão und im ganzen Land keine angemessene Behandlung der Rinderzucht. Die Tiere wurden durch verschiedene Kreuzungen gezüchtet, was zu Tieren mit geringer Milchleistung und schlechter Schlachtkörperqualität führte, die jedoch an Fruchtbarkeit,

11

Widerstandsfähigkeit und Lederqualität zulegten.

In der Vergangenheit haben soziale und rechtliche Voraussetzungen die Produktion in Maranhão eingeschränkt, wie z.b. fehlende technische Unterstützung, fehlende Kredite und andere.

Es ist nicht möglich, die Produktion zu steigern, wenn nicht die notwendigen Technologien eingesetzt werden und die Erzeuger ein Interesse daran haben, ihr Eigentum so anzupassen, dass sie schnell und ohne Umweltschäden, d.h. auf nachhaltige Weise, produzieren können.

Die Einfuhren von Milch und Milchprodukten beliefen sich allein im Jahr 2005 auf 234.654.765,00 R$ (zweihundertvierunddreißig Millionen sechshundertvierundfünfzigtausend, siebenhundertfünfundsechzig Reais), während die Leerlaufkapazität der staatlichen Anlagen beeindruckende 54% beträgt. Die Informalität des Sektors, die durch die schlechte Struktur der Kaltmilchsammlung, die Konsumgewohnheiten der Bevölkerung und die Nichteinhaltung der Gesundheitsvorschriften verursacht wird, ist einer der Gründe für das mangelnde Angebot der lokalen Industrie (SEBRAE, 2010).

Die Industrialisierung der Milch war die Folge des Wachstums der Milchproduktion. Die Unternehmer sind mit Marktschwankungen konfrontiert, die sich direkt auf die Produktion und damit auf die Branche auswirken, wie z. B. Klimaschwankungen, die die Produktion beeinflussen, weil das Klima den Preis für Viehfutter beeinflusst. Die Kuhmilcherzeugung ist auch sehr streng, was die Melkzeiten und die Lieferung der Produkte betrifft.

Laut dem Bulletin des Agrarsektors (SEBRAE, 2010) weist Maranhão die zweithöchste Wachstumsrate im Nordosten auf: 156 %. Die Viehwirtschaft in Maranhão wird im extensiven System betrieben, dem am weitesten verbreiteten System in Brasilien, bei dem viel Land zur Verfügung steht, im Allgemeinen natürliches Weideland und wenig Kapital eingesetzt wird.

Maranhão repräsentiert zusammen mit Piauí die Region Mittlerer Norden, die ein großes Potenzial für die Entwicklung einer modernen Milchviehhaltung hat. Die beiden Bundesstaaten und insbesondere Maranhão sind weniger den periodischen klimatischen Instabilitäten ausgesetzt, die im Nordosten herrschen, was eine mittelfristige Planung ermöglicht, die eine mit dem Produktionspotenzial der Region kompatible Herdengröße festlegen kann (EMBRAPA, 2014).

KAPITEL 3

PRODUKTIVES POTENZIAL VON TIMBIRAS-MA

Timbiras ist eine brasilianische Stadt im Bundesstaat Maranhão, die laut IBGE (2014) 28.368 Einwohner und eine Fläche von 1.486,587 km² hat. Die vom Fluss Itapecuru durchflossene Gemeinde ist eine Gemeinde, in der ein großer Teil der Einwohner von der Landwirtschaft und Viehzucht lebt. Die wichtigsten Tätigkeiten sind der Anbau von Monokulturen, die Viehzucht und die Erzeugung von Kuhmilch in Timbiras-MA.

Araujo (2006) sagt, dass die Menschen in der sehr vielfältigen Welt dieser Tätigkeit in der Region Überlebensaufgaben erfüllten (und erfüllen), die von den staatlichen Statistiken oft nicht beachtet werden. Ein Beispiel dafür ist der Fischfang (bekannt als handwerkliche Fischerei) in den Itapecuru, Igarapés und Lagunen mit rudimentären Werkzeugen, wo sie Gemeinschaftsnahrung sammeln [...].

Im Laufe der Zeit wurden die Tätigkeiten auf dem Land humanisiert und folgten den Regeln des Marktes, die Produkte wurden vielfältiger und die Menschen gaben allmählich die rudimentären Arbeiten auf, aber auch heute noch sind viele Menschen auf Tätigkeiten wie das Sammeln von Babassu angewiesen, um die Mandeln zu verkaufen.

Nach Angaben des Programms der Vereinten Nationen für Brasilien (UNDP) befinden sich im Nordosten Brasiliens die Gemeinden mit dem niedrigsten Index der menschlichen Entwicklung (HDI) des Landes. In diesem Fall lag der HDI für die Gemeinde Timbiras in der von der Organisation im Jahr 2003 durchgeführten Studie bei 0,524. Das bedeutet, dass Timbiras in der Gesamtheit der 5.561 brasilianischen Gemeinden auf Platz 5.445, d. h. unter den 116 schlechtesten liegt. Der Index reicht von null bis eins und wird als niedrig (bis 0,499), mittel (zwischen 0,500 und 0,799) und hoch (über 800) eingestuft. Er basiert auf drei Faktoren: Bildung, Gesundheit und Pro-Kopf-Einkommen. Unter den 217 Gemeinden in Maranhão gehört sie zu den 20 schlechtesten und liegt auf Platz 197 (UNDP, 2014).

Die Analyse der UNDP-Daten zeigt, dass die Stadt Timbiras-MA sich in einer unangenehmen Situation befindet und sich ändern muss, damit diese Bevölkerung besser leben kann.

Um es mit den Worten von Mendonça (2002) zu sagen: "Das ist in jeder Region der Welt erstaunlich, aber im Falle Brasiliens ist die Armut moralisch inakzeptabel, weil das Land reich ist. Es ist das reichste Land unter den Ländern mit der höchsten Zahl von Elenden".

Nach Angaben des IBGE (2012) in seiner letzten Landwirtschaftszählung in der

Gemeinde Timbiras beträgt der effektive Rinderbestand 9.770 Tiere. Jedes Jahr werden in Timbiras 226.000 Liter Kuhmilch mit einem Produktionswert von 271.000 Reais pro Jahr erzeugt. Nur 580 Tiere werden in diesem Zeitraum gemolken.

Die Analyse der Landwirtschaftszählung des IBGE von 2004 bis 2012 zeigt, dass:

a) Der effektive Rinderbestand lag 2004 bei 11.638 Tieren und 2012 bei 9.770 Tieren, wobei der Bestand in diesem Zeitraum um 8,40 Prozent zurückging.

b) Die Gesamtmilchproduktion lag 2004 bei 225.000 Litern und 2012 bei 226.000 Litern, was einem Anstieg von fast 0,5 % entspricht.

c) Die Zahl der gemolkenen Kühe stieg in diesem Zeitraum von 574 auf 580 Tiere, was einem Anstieg der Zahl der gemolkenen Kühe um etwa 1,05 % entspricht.

Es wurde analysiert, dass es zwischen 2004 und 2012 Schwankungen in der Milchviehhaltung gab. Der effektive Bestand verringerte sich um 8,40 %, aber die Milcherzeugung nahm zu, ebenso wie die Zahl der gemolkenen Kühe. Es wird daher angenommen, dass die Produktion aufgrund des Anstiegs der Zahl der gemolkenen Kühe gestiegen ist.

Verglichen mit der Zahl der Herden in der untersuchten Gemeinde ist die Zahl der gemolkenen Kühe sehr gering: 2012 waren es nur 0,17 Prozent der Milchkühe, eine Zahl, die durch den Einsatz geeigneter Bewirtschaftung und Technologien gesteigert werden könnte.

KAPITEL 4

METHODIK

Diese Umfrage wurde bei Milchviehhaltern in der Gemeinde Timbiras, MA, zwischen Januar und März 2014, der Regenzeit in dieser Region, durchgeführt.

Diese Erzeuger sind bei der Staatlichen Agentur für den Schutz der Landwirtschaft (AGED) registriert, die für die Weitergabe der Daten der Erzeuger zur Durchführung dieser Arbeiten zuständig ist.

Die Gemeinde Timbiras, die nach der IBGE-Klassifizierung 315 km von der Hauptstadt des Bundesstaates Maranhão, São Luís, entfernt ist, liegt in der homogenen Mikroregion Codó, in der östlichen Mesoregion, die auch als Region Cocais bekannt ist, wie auf der Lagekarte zu sehen ist. Nach den Daten desselben Instituts hat die Gemeinde eine geschätzte Bevölkerung von 27.997 Einwohnern und eine Gesamtfläche von 1487 km^2 (Abbildung 3) (IBGE 2016).

Abbildung 3 - Lageplan der Gemeinde Timbiras-MA.

Während der Untersuchung wurden regelmäßige Besuche bei den Milcherzeugern in der Gemeinde Timbiras-MA im Rahmen des im Archiv der AGED geführten Erzeugerregisters durchgeführt. Die Daten wurden durch Interviews, Besuche vor Ort und Fragebögen erhoben, wobei die wichtigsten Punkte zur Charakterisierung der Kuhmilcherzeugung in der Gemeinde berücksichtigt wurden.

Nach Parasuraman (1991) handelt es sich bei einem Fragebogen einfach um eine Reihe von Fragen, die dazu dienen, die zur Erreichung der Projektziele erforderlichen Daten zu erheben. Obwohl derselbe Autor feststellt, dass nicht alle Forschungsprojekte diese Form des Datenerfassungsinstruments verwenden, ist der Fragebogen in der wissenschaftlichen Forschung, insbesondere in den Sozialwissenschaften, sehr wichtig. Er weist auch darauf hin, dass die Erstellung von Fragebögen keine leichte Aufgabe ist und dass es notwendig ist, ausreichend Zeit und Mühe in die Erstellung des Fragebogens zu investieren, was ein günstiges Unterscheidungsmerkmal darstellt. Es gibt keine Standardmethode für die Gestaltung von Fragebögen, aber es gibt Empfehlungen von verschiedenen Autoren zu dieser wichtigen Aufgabe im wissenschaftlichen Forschungsprozess.

Es stimmt, dass die brasilianische Wirtschaft in den 1930er Jahren ein höheres Entwicklungsniveau erreichte, als Landwirtschaft und Industrie begannen, effizient zusammenzuarbeiten, einen expandierenden Inlandsmarkt zu bedienen und die traditionellen kolonialen Kräfte zu zersplittern (REIS, 2001). Die Landwirtschaft ist jedoch nicht nur vom internen Wachstum, der Agrarindustrie und der Steigerung der Exporte abhängig, sondern auch von den Bildungs- und Forschungseinrichtungen und der Industrie, die Betriebsmittel und Maschinen herstellt. So setzt sich ein neues Konzept durch, das sich an die neuen Markttrends anpasst und als agroindustrieller Komplex - CAI oder *Agribusiness* - bezeichnet wird.

Die Fragebögen wurden auf die Grundstücke der fünf bei der AGED/MA registrierten Erzeuger angewandt und umfassten Multiple-Choice-Fragen und nur eine subjektive Frage, die die größten Schwierigkeiten bei der Milcherzeugung für diese Eigentümer und die Art und Weise der Milchviehhaltung auf ihren Grundstücken in der Region aufzeigte. Die Fragebögen dienten dazu, die Milchviehhaltung in der Gemeinde Timbiras-MA zu charakterisieren.

KAPITEL 5

ERGEBNISSE UND DISKUSSION

Diese Untersuchung stützte sich auf Studien über die Kuhmilcherzeugung in Brasilien, Maranhão und der Stadt Timbiras-MA, eine Studie, die in der betreffenden Gemeinde noch nicht durchgeführt worden war, sondern nur in Maranhão im Allgemeinen. Die Erzeuger wurden mit einem Fragebogen befragt, und auf der Grundlage der Interviews konnten wertvolle Informationen über die Entwicklung der Kuhmilcherzeugung in der Gemeinde gewonnen werden.

Die Mittel für die wissenschaftliche Forschung sind knapp, aber das hat die Entwicklung von technologischen Vorschlägen, die für den Agrarsektor von großer Bedeutung sind, bisher nicht verhindert.

Aus den Fragebögen, die den Erzeugern vorgelegt wurden, geht hervor, dass die Mehrheit der befragten Erzeuger, nämlich 60 %, zwischen 21 und 50 laktierende Kühe und 40 % zwischen 10 und 20 laktierende Kühe haben (Abbildung 4).

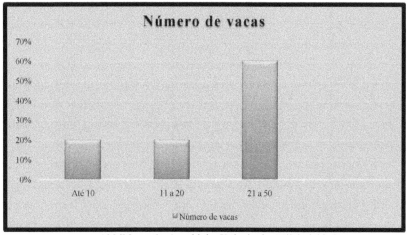

Abbildung 4 - Anzahl der Kühe in der Milchviehhaltung.

Die Anzahl der Kühe steht in direktem Zusammenhang mit der Milchproduktion, und angesichts des steigenden Milchkonsums in der Bevölkerung suchen die Erzeuger nach Möglichkeiten, ihre Produktion zu maximieren. Eine der vorgeschlagenen Lösungen besteht darin, die Zahl der Kühe in der Milchviehherde zu erhöhen, was jedoch in jeder Hinsicht Kosten verursachen kann. Nach Amos (1985) besteht eine Lösung darin, die Anzahl der Melkungen pro Tag zu erhöhen, da dies eine Möglichkeit ist, die Produktion und damit den Gewinn des Erzeugers zu steigern.

Eine Erhöhung der Anzahl der Melkungen bedeutet einen Anstieg der Kosten für

17

Futtermittel, Arbeit, Melkmaschinen und Melkgeräte (ERDMAN; VARNER, 1995). Laut AGED (2014) beläuft sich der Rinderbestand in Maranhão auf 7.272.822 Tiere, von denen 7.194.459 Rinder und 78.363 Bubalinos sind. 790.598 Tiere sind Milchkühe, wobei das regionale Zentrum Açailândia mit 328.123 Tieren die höchste Konzentration aufweist, gefolgt von Imperatriz mit 241.107 Tieren und Santa Inês mit 46.116 Rindern.

Laut IBGE Cidades (2013) beträgt die effektive Herdengröße in der Stadt Timbiras 9.770 Tiere, was deutlich unter der Herdengröße der Städte mit der höchsten Konzentration dieser Tiere liegt.

Von den befragten Erzeugern erhalten 40 % irgendeine Art von technischer Unterstützung und 60 % geben an, dass sie seit Beginn ihrer Produktion noch nie irgendeine Art von Unterstützung erhalten haben. Dieser hohe Prozentsatz von Erzeugern, die keine technische Unterstützung erhalten, ist auf den Mangel an Ressourcen für die Einstellung eines Technikers, den Mangel an Technikern in der Gemeinde und vor allem auf den Widerstand einiger Erzeuger gegen die Annahme von Informationen von Dritten zurückzuführen.

Die technische Unterstützung für ländliche Erzeuger in Brasilien ist eine Realität, die die Mehrheit der Erzeuger nicht erreicht, weil die meisten von ihnen nicht die Voraussetzungen oder den Zugang zu diesen Fachleuten haben. Laut Scalabrin (2009) wird diese Bedeutung in Brasilien noch größer, wenn man die Realität des Landes analysiert und die immensen sozialen Probleme berücksichtigt, mit denen die Erzeuger heute konfrontiert sind. Angesichts dessen müssen die Fachleute nicht nur nützliche Informationen an die ländlichen Erzeuger weitergeben. Idealerweise sollten die Informationen unter Berücksichtigung der Realität der ländlichen Erzeuger, ihrer lebenslangen Erfahrungen, ihrer Kultur und ihres sozialen Umfelds weitergegeben werden.

Alle Erzeuger versorgen ihre Herden mit Gras und Mineralstoffzusätzen, die die häufigsten Futtermittel für Rinder sind. Das ist in Ordnung, denn Rinder müssen mit faserhaltigem Futter (Gras) gefüttert werden und in der Trockenzeit, die in unserer Region die längste Zeit ist, müssen sie Mineralstoffzusätze erhalten. Darüber hinaus bieten 80 % der Erzeuger Gerste für die Tiere an, ein alternatives und billiges Futter, das die Ernährung der Kühe ergänzen und zur Steigerung der Milchproduktion beitragen kann. 40 % der Erzeuger bieten Maniok an, der reich an Stärke ist und die Milchproduktion steigert, aber nur wenige Erzeuger verwenden Maniok, da er in der Region zur Herstellung von Mehl verwendet wird und nur wenige Reste vorhanden sind. Es gibt auch Erzeuger, die Mais und Soja liefern, aber diese machen nur 20 % aus, da es sich dabei um Nahrungsmittel handelt, die die Kosten für die Ernährung stark erhöhen, was ihre Verwendung oft unrentabel macht (Abbildung 5).

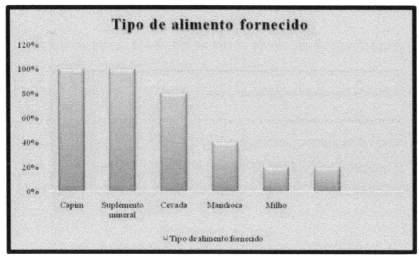

Abbildung 5 - Art der an die Tiere verfütterten Futtermittel.

Tierfutter hat einen direkten Einfluss auf die Produktion und damit auf den Gewinn. Ein schlecht gefüttertes Tier ist anfällig für Stoffwechselkrankheiten, Mastitis, Fortpflanzungsprobleme und mehr. Die richtige Fütterung erfordert die Bereitstellung der richtigen Qualität und Quantität des Futters.

Um ein Fütterungssystem für laktierende Kühe einzurichten, müssen das Produktionsniveau, das Laktationsstadium, das Alter der Kuh, die erwartete Trockenmasseaufnahme, der Körperzustand sowie die Art und der Nährwert des zu verwendenden Futters berücksichtigt werden. Ein Fütterungsplan für laktierende Kühe sollte die drei Phasen der Laktationskurve berücksichtigen, da der Nährstoffbedarf der Tiere in jeder Phase unterschiedlich ist (EMBRAPA, 2014).

Das Melken erfolgt bei 40 % der Erzeuger maschinell und bei 60 % per Hand (Abbildung 6). Kühe zu melken bedeutet, die Milch herauszubekommen, d.h. es geht im Grunde um den Gewinn aus der Milchproduktion. In den meisten Betrieben wird nach wie vor von Hand gemolken, was zwar den Vorteil hat, dass es billiger ist, aber auch die Gefahr einer Verunreinigung der Milch birgt. Das maschinelle Melken hingegen wird von einer Maschine, der Melkmaschine, durchgeführt. Diese Maschine ist das einzige Gerät, das in direktem Kontakt mit der Kuh steht, und mit ihr können wir eine bessere Milchqualität, eine einfachere Handhabung, kürzere Melkzeiten, weniger Arbeit und eine bessere Melkroutine erreichen.

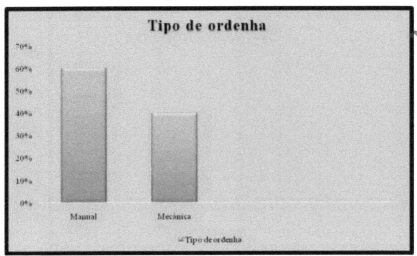

Abbildung 6 - Art des Melkens.

Die Wahl der Melkmethode hängt von der Infrastruktur des Betriebs, der Anzahl der Tiere, den verfügbaren Arbeitskräften und der Produktivität pro Tier ab. Die Qualität der manuell gemolkenen Milch unterscheidet sich nicht von der der maschinell gemolkenen Milch, wenn sie richtig behandelt wird.

Während des Melkens ist es für einen reibungslosen Ablauf sehr wichtig, wie sich der Melker auf das Melken vorbereitet, denn er kann während des Melkens ein wichtiger Überträger von Mikroorganismen werden. Es ist wichtig, dass der Melker Stiefel und eine Schürze trägt und seine Nägel gut geschnitten und sauber hält. Die Hände sollten vor dem Melken mit Wasser und Seife gewaschen werden, und in letzter Zeit tragen die Melker mancherorts beim Melken Latex- oder Gummihandschuhe.

Sowohl beim maschinellen als auch beim manuellen Melken gibt es wesentliche Vorsichtsmaßnahmen wie: Melkreihenfolge, Entfernen der ersten Strahlen, Waschen der Zitzen, Desinfektion der Zitzen vor dem Melken, Trocknen der Zitzen, Desinfektion der Zitzen nach dem Melken und Pflege nach dem Melken (Abbildungen 7 und 8).

Die normative Anweisung Nr. 62 vom 29. Dezember 2011 (MAPA/2011) empfiehlt, die Zitzen des zu melkenden Tieres vorher unter fließendem Wasser zu waschen, dann mit nicht recycelten Einwegpapiertüchern abzutrocknen und sofort zu melken, wobei die ersten Milchstrahlen in einen Becher mit dunklem Boden oder einen anderen speziellen Behälter für diesen Zweck entsorgt werden. In besonderen Fällen, wie z. B. bei einer hohen Prävalenz von Mastitis, die durch Mikroorganismen aus der Umwelt verursacht wird, kann vor dem Melken ein Zitzendesinfektionssystem mit geeigneten Techniken und Desinfektionsmitteln angewandt werden,

20

wobei darauf zu achten ist, dass keine Rückstände dieser Produkte in die Milch gelangen, indem die Zitzen vor dem Melken sorgfältig getrocknet werden (BRASIL, 2013).

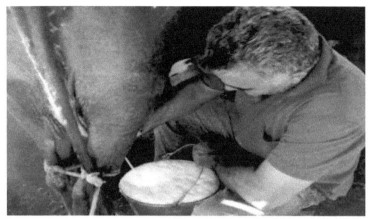

Abbildung 7 - Manuelles Melken.

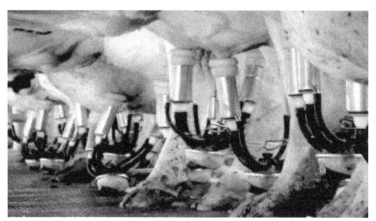

Abbildung 8 - Maschinenmelken.

Was den Stall und den Melkschuppen angeht, so verfügen 100 % der Erzeuger über einen Stall und 80 % über einen Melkschuppen auf ihrem Grundstück. Der Melkstall ist auf einem Grundstück, auf dem Milch produziert wird, sehr wichtig, denn im Stall gibt es alle Möglichkeiten für ein hygienisches Melken, fern von äußeren Einflüssen (Abbildungen 9 und 10).

Abbildung 9 - Art der Einrichtungen auf dem Grundstück.

Es gibt keine Möglichkeit, eine Anlage zu haben, die allen Gegebenheiten gerecht wird, aber in jedem Betrieb muss darauf geachtet werden, dass die Regeln der guten Praxis bei der Erzeugung von Kuhmilch eingehalten werden.

In einem Milchviehbetrieb sind die Einrichtungen von großer Bedeutung, da sie den Umgang mit den Tieren erleichtern und sich direkt auf deren Produktivität und Gesundheit auswirken. Im Allgemeinen verfügen Milchviehbetriebe nicht über angemessene Einrichtungen für den Umgang mit den Tieren. Nur wenige Erzeuger haben einen überdachten Platz zum Melken, und einige nutzen den Stall selbst zum Melken der Kühe.

Abbildung 10 - Melkschuppen.

Bei der Frage, wie lange die Milcherzeuger bereits in diesem Bereich tätig sind, gaben 20 % an, dass sie seit etwa einem Jahr in diesem Bereich arbeiten. Weitere 20 % arbeiten zwischen einem und fünf Jahren und 60 % arbeiten seit mehr als fünf Jahren in dem Betrieb (Abbildung 11).

Abbildung 11 - Arbeitszeit in der Milcherzeugung.

Was die Rasse der Kühe der Besitzer betrifft, so haben 100 % Girolando-Kühe, 20 % Gir-Kühe, 20 % Holstein-Kühe und 40 % Kühe ohne bestimmte Rasse (Abbildung 12).

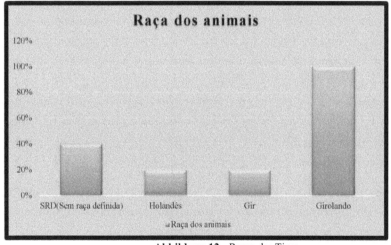

Abbildung 12 - Rasse der Tiere.

Nach Angaben von Embrapa Gado de Leite (2002) stammen rund 70 % der Milcherzeugung in Brasilien von Holstein-Zebu-Kreuzungskühen, wobei die Rasse Holstein bei der Kreuzung überwiegt, wobei die häufigste Kreuzung Holstein mit Gir ist, besser bekannt als Girolando, gefolgt von Guzolando, dem Ergebnis von Holstein mit Guzerat. In der halbtrockenen nordöstlichen Region Brasiliens ist der Anteil der Kreuzungen vermutlich noch höher (Abbildung 13).

Laut AGED (2014) ist die am häufigsten verwendete Milchviehrasse in Maranhão die Girolanda, die aus einer Kreuzung zwischen den Rassen Gir und Holstein hervorgegangen ist. Die

23

Girolanda ist die Rasse, die für 80 % der Milchproduktion in Brasilien verantwortlich ist.

Abbildung 13 - In Timbiras-MA vorkommende Rassen.

Anhand der erhaltenen Daten wurde die Tagesproduktion der Kühe analysiert: 20 % der Erzeuger geben an, dass ihre Kühe zwischen 20 und 50 Liter Milch pro Tag geben, 60 % geben an, dass ihre Kühe zwischen 50 und 100 Liter Milch pro Tag geben und 20 % geben mehr als 100 Liter pro Tag.

Nach Angaben der Regierung des Bundesstaates Maranhão (2012) liegt die durchschnittliche Produktivität in verschiedenen Regionen Brasiliens zwischen 20 kg und 30 kg Milch pro Kuh. In Maranhão liegt dieser Durchschnitt zwischen 5 und 7 kg pro Tier, eine Tatsache, die die Regierung zu ändern beabsichtigt.

Maranhão trug 6,9 Prozent zur Produktion des Nordostens von 3,8 Milliarden Litern Milch bei. Im Jahr 2009 steigerte es seinen Anteil auf 9,3 Prozent, produzierte 355 Millionen Liter und belegte Platz 4[a] in der Rangliste der Produktion des Nordostens (IBGE, 2010).

Was die Anzahl der Melkvorgänge auf dem Hof betrifft, so geben 60 % der Erzeuger an, dass nur einmal am Tag gemolken wird, 40 % melken zweimal am Tag, einmal am Morgen und das zweite Mal am Nachmittag (Abbildung 14).

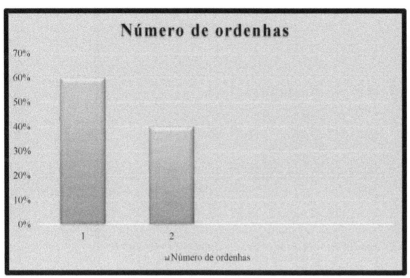

Figura 14 - Anzahl der Melkungen pro Tag

Die Milchproduktion und die Melkfrequenz sind positiv korreliert. Der beobachtete Anstieg der Milchproduktion um 24,54 % ähnelt dem von Knight und Dewhurst (1994) und Bar Peled (1995), die einen Anstieg von 25 % bzw. 20 % beobachteten, als sie die Melkfrequenz von zwei auf drei Mal erhöhten.

Das Produkt wird direkt an den Verbraucher verkauft. Aufgrund der Schließung des Milcherzeugerverbands von Codó-MA (APLEC) lieferten 80 % der Erzeuger die gesamte auf ihren Grundstücken erzeugte Milch an diesen Verband, bevor dieser seine Tätigkeit einstellte. Nach dessen Schließung begannen die Erzeuger mit dem Direktverkauf an die Verbraucher.

Nur 20 % der Betriebe verwenden Kühltanks, weil sie die Milch über Nacht an eine Eisdiele in der Gemeinde Codó-MA verkaufen müssen. 80 % der Betriebe haben keine Kühltanks und geben an, dass der Preis nicht erschwinglich ist (Abbildung 15).

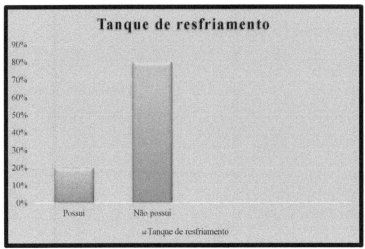

Abbildung 15 - Art der Produktlagerung

Was die Art des Transports betrifft, so nutzen 80 % der Erzeuger ihre eigenen Fahrzeuge. 20 % transportieren ihre Milch mit einem Tiertransporter und 20 % mit dem Bus, weil der Transport so einfacher, billiger und zeitsparender ist (Abbildung 16).

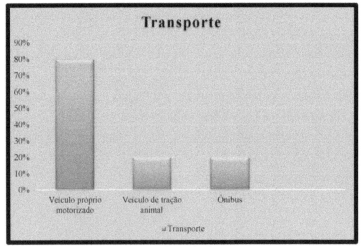

Figura 16 - Art der Beförderung

In der normativen Anweisung 62 vom 29. Dezember 2011 (MAPA/2011) wird empfohlen, die technischen Vorschriften für die Sammlung von gekühlter Rohmilch und deren Transport in loser Schüttung auf den Transport von Rohmilch anzuwenden. Nach Angaben der Erzeuger sind sie nicht in der Lage, sich einen angemessenen Transport zu leisten und transportieren die Milch schließlich unregelmäßig (BRASIL, 2013).

Eine der wichtigsten Fragen zur Produktion ist die nach den Gewinnen aus der

26

Milchviehhaltung. Alle Befragten gaben an, dass sie ihre Ausgaben und Einnahmen nicht im Auge behalten. Sie sagten, dass sie auch ohne diese Kontrolle wissen, dass sie mit dieser Tätigkeit einen Gewinn erzielen. Dies ist eine zweifelhafte Behauptung, da sie nicht über die wichtigsten Informationen über die Produktion verfügen. Sie wissen nicht sicher, ob es sich wirklich lohnt, in die Kuhmilchproduktion zu investieren, eine Situation, die schnell überdacht werden muss, um die Wirtschaftlichkeit der Erzeuger und der Gemeinde zu verbessern.

Nach Crepaldi (2009) ist der Mangel an Kontrolle und Organisation darauf zurückzuführen, dass die privaten Ausgaben nicht von den ausgeführten Tätigkeiten getrennt werden und die Ergebnisse ihrer Produktion nicht unterschieden werden.

5.1 Analyse der subjektiven Frage bei der Befragung der Kuhmilcherzeuger in Timbiras-MA

Bei der subjektiven Frage geht es um die Hauptschwierigkeiten, mit denen die Milcherzeuger in der Gemeinde konfrontiert sind. Anhand der Aussagen der Erzeuger war es möglich, die erforderlichen Informationen zu erhalten, um die Probleme zu ermitteln und die Milcherzeugung in der Gemeinde zu charakterisieren.

Die Erzeuger wiesen darauf hin, dass das größte Problem in Bezug auf den Misserfolg der Produktion der Mangel an Verbrauchern in der Gemeinde ist. Ihrer Meinung nach liegt das daran, dass sich die Verbraucher das Produkt nicht leisten können, und zwar nicht wegen des Preises, sondern wegen der örtlichen Armut. Die Stadt Timbiras-MA ist eine Gemeinde mit fast 30.000 Einwohnern, und wenn es Ressourcen für alle gäbe, würde der Milchhandel aktiver sein.

Ein weiteres Problem im Zusammenhang mit der Produktion ist der Mangel an Arbeitskräften, da die Gemeinde eine Geschichte der Abwanderung von Menschen in andere Bundesstaaten hat, vor allem von Männern, die in den Bundesstaat São Paulo abwandern, wo die Zuckerrohrproduktion Männer für den Anbau und die Ernte des Zuckerrohrs einstellt. Die Mühlenbesitzer bevorzugen Menschen aus Maranhão, da diese aufgrund ihres Informationsmangels die Chance auf ein besseres Leben in anderen Bundesstaaten suchen und schließlich zu Sklaven der Notwendigkeit werden.

Ein erschwerender Faktor, der zu einem Produktionsrückgang führte, war die Schließung der APLEC, da die Erzeuger früher ihre gesamte oder fast ihre gesamte Produktion an die Vereinigung lieferten, aber aufgrund der Schließung der APLEC mussten die Erzeuger damit beginnen, die Milch direkt an die Verbraucher zu liefern.

Die Erzeuger berichten, dass die Preise für Ergänzungsfuttermittel und Nahrungsergänzungsmittel für Kühe meist sehr hoch sind, so dass es schwierig ist, sie zu kaufen und das Potenzial für eine höhere Produktion zu verringern. Eine Alternative zur Entschärfung der

Situation wäre der Anbau von Maniok und Mais, aber in den letzten Jahren hat die Trockenheit keine gute Ernte ermöglicht, was sich direkt auf die Milchproduktion auswirkt.

KAPITEL 6

SCHLUSSFOLGERUNGEN

Diese Studie hat gezeigt, dass die Milchviehhaltung in Timbiras-MA unter einer Reihe von Problemen leidet, die die Milchviehhaltung im Allgemeinen betreffen und die die Produktion einschränken.

Timbiras-MA ist eine Gemeinde mit großem Wachstumspotenzial, denn sie verfügt nicht nur über große Flächen produktiven Landes, sondern auch über andere Potenziale wie den Tourismus und reiche natürliche Ressourcen, die bei richtiger Entwicklung direkte und indirekte Arbeitsplätze schaffen und so die lokale Wirtschaft ankurbeln können.

Wenn die Probleme, mit denen die Gemeinde konfrontiert ist, gelöst sind, kann die Kuhmilcherzeugung angekurbelt werden, was sich positiv auf verschiedene Sektoren auswirkt: Steigerung des Verkaufs von landwirtschaftlichen Geräten, Erhöhung der Arbeitsleistung, Verbesserung der Qualität der angebotenen Lebensmittel und viele andere Faktoren. Es gibt einige Probleme, die im Laufe der Zeit leicht gelöst werden können, wie z.B.: das Fehlen einer wirtschaftlichen Kontrolle auf dem Bauernhof, mit den Bemühungen und der Willenskraft der Erzeuger, die diese Kontrolle durchführen können und sollten, um völlig sicher zu sein, wie ihre Produktion wirklich ist, ob es wirklich einen Gewinn in dieser Art von Aktivität gibt.

Weitere Punkte, die zwischen den Erzeugern und öffentlichen Stellen wie AGED, dem Staatssekretär, dem Rathaus und anderen erörtert werden müssen, sind steuerliche Anreize, die Verbesserung der Genetik der Herden, eine angemessene technische Unterstützung, die Kontrolle durch die zuständigen Stellen, die Ausbildung und Qualifizierung in diesem Bereich, der Einsatz zugänglicher Technologien, die korrekte Handhabung der Milch, insbesondere was die Verwendung von Kühlschränken für die ordnungsgemäße Lagerung der Milch betrifft. Diese Probleme können durch den Zusammenschluss der Erzeuger zu einer Milcherzeugervereinigung in der Gemeinde Timbiras-MA gelöst werden, ohne dass eine andere Gemeinde beliefert werden muss.

Wenn der Milchmarkt in der Gemeinde angekurbelt würde, bestünde die Möglichkeit, die Wirtschaft der Stadt anzukurbeln und Arbeitsplätze zu schaffen, da es eindeutig schwierig ist, Arbeitsplätze für Menschen mit niedrigem Bildungsniveau oder sogar für Techniker in der Landwirtschaft und der Agrarindustrie zu finden, die sich meist anderswo umsehen müssen, weil es in der Gegend von Timbiras-MA keine Beschäftigungsmöglichkeiten gibt.

Um den Milchmarkt in der Gemeinde anzukurbeln, muss die Milch- und Kälberproduktion stärker genutzt werden. Aber sie muss auf die richtige Art und Weise genutzt werden, denn wenn die Milch- und Kälberproduktion schlecht verwaltet wird, kann sie den Erzeugern große Verluste bescheren.

Das Agrargeschäft mit Milch und ihren Derivaten kann das Einkommen eines Milchviehhalters erheblich steigern. Da Milch ein Grundnahrungsmittel in der menschlichen Ernährung ist, wird es immer einen Markt für Milch und ihre Derivate geben.

Diese Untersuchung war nicht nur für die Gemeinde Timbiras-MA, sondern auch für die umliegenden Gemeinden von großer Bedeutung, denn durch die Analyse der Art und Weise, wie die Kuhmilcherzeugung durchgeführt wird, können Verbesserungen gesucht und Lösungen für eine bessere Entwicklung dieser Viehwirtschaft aufgezeigt werden. Diese Studie hat das große Produktionspotenzial von Timbiras-MA aufgezeigt, denn trotz aller Schwierigkeiten, mit denen die Erzeuger konfrontiert sind, zeigen sie den Willen, weiterhin mit Milchvieh zu arbeiten, sowie das Interesse, ihre Produktion zu verbessern.

Die Gemeinde verfügt über ein großes Wachstumspotenzial in Bezug auf die Kuhmilcherzeugung, große Ackerflächen, hochwertige und leicht zu bewirtschaftende Wasserressourcen sowie einen großen Viehbestand und einen Binnenmarkt, der im Laufe der Zeit entwickelt werden kann.

KAPITEL 7

REFERENZEN

AMOS, H. E.; KISER, T.; LOEWENSTEIN, M. Influence of milking frequency on productive and reproductive efficiencies of dairy cows. **Journal of Dairy Science**, v.68, n.3, S.732-739, 1985.

ARAUJO, Joseh Carlos. **Timbiras**: Eine Perle vom Flussufer des Itapecuru. São Luís: UEMA, 2006.

HANDELSVERBAND VON MARANHÃO. **Maranhão produziert mehr Milch und der Trend geht in Richtung Expansion**. Verfügbar unter: <http://www.acm-ma.com.br/noticias/654-maranhao-esta-produzindo-mais-leite-e-tendencia-e-de-expansao>. Abgerufen am: 24. Oktober 2018.

BAR-PELED, U.; MALTZ, E.; BRUCKENTAL, I. et al. Relationship between frequent milking or suckling in early lactation and milk production of high producing dairy cows. **Journal of Dairy Science**, v.78, n.12, S.2726-2736, 1995.

TECHNISCHES MERKBLATT ZUR GUTEN PRAXIS IN DER MILCHWIRTSCHAFT. Verfügbar unter: https://www.google.com.br/?gws rd=ssl#q=boletim+tecnico+das+boas+pr %C3%A1ticas+na+pecu%C3%A1ria+de+leite+-+FAO. Abgerufen am: 25. Oktober 2018.

BRASILIEN: Ministerium für Landwirtschaft, Viehzucht und Versorgung. **Prognosen für die Agrarwirtschaft**: Brasilien 2012/2013 bis 2022/2023. Brasília: Mapa/ACS, 2013.

BRESSAN, M. **Kartierung der Veränderungen im Produktionssegment der Agrar- und Nahrungsmittelkette für Milch in Paraná**, 1985/1996.

CARVALHO, Armando; RIBEIRO, Antônio Cândido. **Mechanisches Melken** - Einführung und Betrieb. Viçosa: 2008.

CREPALDI, S. A. **Rural Accounting**: a decision-making approach.5. ed. São Paulo: Atlas, 2009.

BRASILIANISCHE LANDWIRTSCHAFTLICHE FORSCHUNGSGESELLSCHAFT. **Milcherzeugung in der semiariden Region.** Verfügbar unter : http://sistemasdeproducao.cnptia.embrapa.br/FontesHTML/Leite/LeiteSemiArido/im portancia.html>. Abgerufen am: 01. November 2018.

BRASILIANISCHE GESELLSCHAFT FÜR LANDWIRTSCHAFTLICHE FORSCHUNG. **Technologien für die Milcherzeugung in der mittleren Nordregion Brasiliens**. Verfügbar unter: <http://www.cnpgl.embrapa.br/sistemaproducao/book/export/html/17>. Abgerufen am: 17. September 2018.

BRASILIANISCHE AGRARFORSCHUNGSGESELLSCHAFT. **Produktionssysteme im Jahr 2002.** Verfügbar unter : <http://sistemasdeproducao.cnptia.embrapa.br/FontesHTML/Leite/LeiteSemiArido/i mportancia.html> Zugriff am: 20. Sep. 2018.

ERDMAN, R. A.; VARNER, M. Fixed yield responses to increased milking frequency. **Journal of Dairy Science**, v.78, n.5, S.1999-2003, 1995.

BRASILIANISCHES INSTITUT FÜR GEOGRAPHIE UND STATISTIK. **IBGE-Städte**. Verfügbar unter: http://www.cidades.ibge.gov.br/maranhao|timbiras|infograficos:-informacoes-completas Zugriff am: 01. nov. 2018.

BRASILIANISCHES INSTITUT FÜR GEOGRAPHIE UND STATISTIK. **Städtische Viehzucht 2012**. Rio de Janeiro: IBGE, 2013.

BRASILIANISCHES INSTITUT FÜR GEOGRAPHIE UND STATISTIK. **IBGE Statistische Indikatoren der Viehzuchtproduktion September 2013**. Verfügbar unter: <http://www.abate-leite-couro-ovos 201302 publ completa.pdf>

KNIGHT, C.H.; DEWHURST, R.J. Einmal tägliches Melken von Milchkühen: Beziehung zwischen Leistungsverlust und zisternenmäßiger Milchlagerung. **J. Dairy Res.**, V.61, S.441-449, 1994.

MENDONÇA, Ricardo. Das Paradox des Elends. **Veja**. São Paulo, v.35, n.3, jan. 2002.

MINISTERIUM FÜR LANDWIRTSCHAFT, VIEHZUCHT UND VERSORGUNG. **Normative Anweisung Nr. 62 vom 29. Dezember 2011**. Brasília: MAPA, 2011. 24 p. Verfügbar unter: <http://www.sindilat.com.br/gomanager/arquivos/IN62.2011.pdf.> Zugriff am: 15. August 2018.

ERNÄHRUNGS- UND LANDWIRTSCHAFTSORGANISATION DER VEREINTEN NATIONEN. **Bulletin des Agrarsektors. 2010.** Verfügbar unter: http://www.sebrae.com.br/Sebrae/Portal%20Sebrae/Anexos/Boletim-Bovinocultura.pdf Zugriff am: 15 Aug. 2018.

ORGANISATION FÜR ERNÄHRUNG UND LANDWIRTSCHAFT DER VEREINTEN NATIONEN. FAO und IDF. 2013. Leitfaden für gute Praktiken in der Milchviehhaltung. Leitlinien für Tierproduktion und Tiergesundheit. 8. Rom.

PARASURAMAN, A. **Marketingforschung**. 2. Auflage. Addison Wesley Publishing Company, 1991.

PRADO JÚNIOR, C. **Formação do Brasil contemporâneo**. São Paulo. Ed. Brasiliense, 1942.

ENTWICKLUNGSPROGRAMM DER VEREINTEN NATIONEN. UNDP. **Menschliche Entwicklung und HDI**. Brazil, 2014. Verfügbar unter: <http://www.pnud.org.br/Noticia.aspx?id=3753> Zugriff am: 05 Nov. 2018.

Reis, B. S. **Potentielle Auswirkungen des Griffs auf die agroindustriellen Ketten von Zucker und Orangensaft und die Handelsbeziehungen zwischen Brasilien und den Vereinigten Staaten**. Dissertation. Viçosa. MG, Bundesuniversität von Viçosa. 2001. 137p

SCALABRIN, Andreia Cristine; SIMÃO, Jéssica Cristina Alcântara; BRÍGIDA, Milena BorgeS Santa; PERES, Priscila Alcone; OLIVEIRA, Cyntia Meireles de. **Die Bedeutung der Anerkennung des Wissens der Familienbauern für die ländliche Entwicklung im Amazonasgebiet.** Porto Alegre , 2009. Verfügbar unter:<http://www.sober.org.br/palestra/13/1284.pdf> Zugriff am: 16. Sep. 2018.

SCHLESINGER, Sergio; **Rinder in Brasilien**. Verfügbar unter: http://www.textogadoboll2009-4.pdf. Abgerufen am: 30. Oktober 2018.

BRASILIANISCHER UNTERSTÜTZUNGSDIENST FÜR KLEINST- UND KLEINUNTERNEHMEN. **Agribusiness Sector Bulletin**: Milchviehhaltung. Recife: SEBRAE, 2010. 32p.

BRASILIANISCHER UNTERSTÜTZUNGSDIENST FÜR KLEINST- UND KLEINUNTERNEHMEN. **Diagnose der Produktionskette von Milch und Molkereiprodukten: Entwicklung des Molkereibeckens in der Region Tocantina und Mittlerer Mearim**. Maranhão: SEBRAE, 2003. 128p.

SEKRETARIAT FÜR LANDWIRTSCHAFT, VIEHZUCHT UND VERSORGUNG. **Die Milcherzeugung in Maranhão wächst.** SAGRIMA/AGED, 2012. Verfügbar unter:< http://www.sagrima.ma.gov.br/2012/03/12/cresce-producao-de-leite-no-maranhao/. Abgerufen am: 10. September 2018.

SIMONSEN, R. **História Econômica Brasil,** Vol. 1, 1500-1820.Editora Nacional, 1937.

VASCONCELOS, A. T. C. de. **Buffalo in Maranhão.** São Luís, 2012. 160p. Anhang A - Interview-Skript für Produzenten.

QUESTIONNAIRE

1. Wie viele Kühe haben Sie in der Milchviehhaltung?
   ( ) bis zu 10
   ()Von 11 bis 20
   ()Von 21 bis 50

2. Bekommen Sie technische Unterstützung?
   () Ja
   ()Nein

3. Haben Sie jemals irgendeine Art von Finanzierung genutzt oder nutzen Sie diese, um in Ihr Unternehmen zu investieren?
   () Ja
   ()Nein

4. Welches Futter geben Sie den Tieren?
   () Gras
   ( ) Mineralstoffzusatz
   () Gerste
   () Soja
   () Mais
   () Silage
   () Sonstiges: _____

5. Welche Art des Melkens?
   () Handbuch
   () Mechanik

6. Welche Arten von Anlagen?
   ( ) Keine
   ( ) Korral
   () Melkschuppen
   () Sonstiges: _____

7. Zeit in der Milchproduktion?
   () bis zu 1 Jahr
   () Von 1 bis 5 Jahren
   () Mehr als 5 Jahre

8. Welche Tierarten gibt es auf dem Grundstück?
   ( ) SRD (ohne definierte Rasse)

( ) Niederländisch
( ) Gir
( ) Girolando
( ) Sonstiges: _____

9. Wie hoch ist die Tagesproduktion?
  ( ) von 10 bis 20 Liter
  ( ) von 20 bis 50 Liter
  ( ) von 50 bis 100 Liter
  ( ) Über 100 Liter:_____

  10. Wie viele Melkvorgänge machen Sie pro Tag?
    () Es wird nicht jeden Tag gemolken.
    () nur 1 Mal
    ()2 mal
    ()3 mal

11. Wohin fließt die Produktion?
  ( ) Geben Sie es dem Verband oder der Genossenschaft
  ( ) Herstellung von Nebenprodukten auf dem Grundstück
  ( ) Direktverkauf an den Verbraucher.

12. Befindet sich ein Kühltank auf dem Grundstück?
  ( ) Ja
  ( ) Nein

13. Wie wird die Milch transportiert?
  ( ) Eigenes Fahrzeug
  ( ) Tiergezogenes Fahrzeug
  ( ) Verein oder genossenschaftliches Fahrzeug (Typ:)

14. Werden Produktionskosten und Gewinne kontrolliert?
  ( )Ja
  ( )Nein

15. Was sind die Hauptschwierigkeiten in der Branche?
Kommentare:

Verantwortlich für die Verwaltung des Fragebogens: _____

  Ich _____
  Ich erkläre, dass alle Angaben wahrheitsgemäß sind und ich erlaube ihre Veröffentlichung.

Formular für die informierte Zustimmung

Sie sind eingeladen, als Freiwilliger an dem Forschungsprojekt "**Charakterisierung der**

Rindermilchproduktionssysteme in der Gemeinde Timbiras, Maranhão, Brasilien" teilzunehmen. Sie basiert auf der Notwendigkeit, die Kuhmilchproduktion in Timbiras-MA zu charakterisieren.

Sie werden auf jede von Ihnen gewünschte Weise über die Forschung informiert. Es steht Ihnen jederzeit frei, die Teilnahme abzulehnen, Ihre Zustimmung zurückzuziehen oder die Teilnahme zu beenden. Ihre Teilnahme ist völlig freiwillig und zieht keine Sanktionen oder den Verlust von Vorteilen nach sich.

Ihre Identität wird absolut vertraulich behandelt. Die Ergebnisse der Untersuchung werden Ihnen zugesandt und bleiben vertraulich. Sie werden in keiner Veröffentlichung, die aus dieser Studie hervorgeht, genannt. Die Teilnahme an der Studie ist für Sie kostenlos, und es wird keine zusätzliche finanzielle Vergütung gezahlt.

Ich erkläre mich damit einverstanden, an dieser Studie teilzunehmen. Ich habe eine Kopie dieser Einwilligungserklärung erhalten und hatte die Möglichkeit, sie zu lesen und meine Zweifel zu klären.

Milton Keynes UK
Ingram Content Group UK Ltd.
UKHW010710280324
440307UK00001B/59